おばあちゃん大学生

岡嶋 美奈
OKAJIMA Mina

文芸社

目　次

おばあちゃん大学生

何が好き？

私は人と会って話をする時、

「何の花が好き？」

「何の歌が好き？」

「どんな本を読んでいるの？」

などと、相手の好きなものを聞く。

自分の好きなものの話は話しやすいし、話していて楽しいから。

だから病院に行った時も、

「何をしている時が一番楽しい？」

って、聞いてほしいなって思う。

おもしろい子

私は小さい時、おもしろい子だったようだ。

まだ二歳の頃だろうか、飛行場に連れて行ってもらっていて、『ほらほら飛行機が降りてきたよ』と大人達が指を差すと、私が、

「とってー、とってー」

と叫んだそうだ。母によると、『飛行機が蝶々のように見えたのだろう』と言っていた。

それからこれも同じ歳くらいの頃だと思うが、映画「関の彌太ッペ」を観

に連れて行ってもらっていて、『彌太ッペー』と呼ぶ涙のシーンがあったそうだが、そこで私が真似をして、

「やたっぺー」

と叫んだものだから、みんな泣き笑いをしたそうだ。

お母さんが好き

幼い子供というものは、残酷なことを言うもので、

「お父さんは死んでもいいけど、お母さんは死なれんいいい」

と言うそうだ。

私もお母さんが好きだったなぁ。

えんぴつ削り

小学校に入った頃、私はクラスに一台ずつ置いてあるえんぴつ削りで、クレヨンを削った。

何本くらい削ったのかよく覚えていないが、とにかくキレイに削れたのでワクワクした。

けれど刃にクレヨンがついてしまい、そのあとえんぴつが削りにくくなってしまった。

私はバッとして、クラス全員の雑巾洗いをさせられた。

私が先生だったら、「しょうがないなぁ」と言って、えんぴつ削りを直してあげるのに……。

私はそんなに悪いことをしたのだろうか。

肉が嫌い

食べ物の中で私は一番肉が苦手だ。今どきの人は一番好きと言う人が多いだろうが……。

小学校に入った頃、私は給食の時間が地獄だった。

残さず食べないと遊びに行けないものだから、先割れスプーンで一生懸命肉を小さくして飲み込んでいた。

子供ながらに頭を働かせて、ワザと床に落としたこともあった。

私の椅子の周りには、いっぱい肉が散らばっていた。

健康優良児

先日、実家の片付けをしていると、私の十カ月の時にもらった表彰状が出てきた。

赤ちゃんコンクールのもので、『優秀な御成育がみられたので表彰します』とのこと。

これは私にではなく、母がもらったようなものかも……。

この話は母から聞いていて、副賞として赤い帯をもらったそうだ。その柄は今もよく覚えているが、長いからと言って私が半分に切ってしまったという。
そういえば主人も小さい時、健康優良児だったそうな。

児童文学

たかし君のまねをして
「おかあさん」と呼んでみた
やっぱりだめだ
かあちゃんが遠くなる

これは、以前私が読んだ本の中に出ていた児童の書いた詩だったと思う。

どの本に書かれていたのか確かめたくて、五冊の本を読み返してみたが見つからなかった。

でも、やっぱりいいなぁ児童文学は。

ひばり児童合唱団

私は生まれ変わったら、ひばり児童合唱団に入りたい。

それには先ず、

都会に生まれなければいけないんだろうなぁ。

交換日記

高校に入って交換日記を始めた。

ブラスバンド部の一級上の先輩（男子生徒）と、二級上の先輩（女子生徒）と私の三人で、交換日記をする予定だったが、私が一級上の先輩を好きだと知った二級上の先輩が、「私はやめるから二人でしたら」と勧めてくれた。

そして、彼が『I and you diary』と書いたノートを用意してくれて、彼からの日記で始まった。

彼はすごく字が上手で、詩も好きで、ゲーテの詩や自分で作った詩をよく書いてきた。彼が最初の頃に書いてくれた詩は、今でも覚えている。

小川のようなせせらぎにのせて
君のいる部屋へ
流れ入れたい調べを
ギターの弦がうたう
夜は音もなくせまり
空に星がまたたき始める
今日は雨
星はないが霧が僕を包んでくれる
いつも夜は寂しく始まり
寂しく終わっていく

私は自分では詩を作れないので、当時よく読んでいた、みつはしちかこさんの叙情マンガ『小さな恋のものがたり』の、チッチとサリーの詩を書き写していた。

私が雲に
なれたらいいな
フワフワまるい
ピンクの雲に
ちっともじゃまに
ならないで
いつもあなたに
ついていけるし
夜には

きれいな星を
いっぱい
あなたの窓べに
届けてあげる　※電子書籍『小さな恋のものがたり復刻版2』「ピンクの雲」より／Ｇａｋｋｅｎ

秋が始まった頃、この交換日記は私が振られる形で終わってしまった。
最後に書いたのも彼で、

この日記にさようなら
美奈さんにおやすみ……

彼の最後の優しさだった。
次の年の春、彼は生徒会長になった。

短大

短大を卒業して、私はこの母校で事務職員として働いた。

経理課なので、なかなか給与を渡せなかった先生には、時々研究室まで持って行って、学生さんに間違われてビックリされた。二年生の学生さんとは、一つしか歳が違わないので無理もないのかもしれない。

それからは総務部でもあったので、学長さんの朝のお茶入れも任された。学長さんが来られる前にドアを開け、お花も生けた。たまに生けている途中に来られて、ビックリされたこともあった。そして、学長さんの植物の鉢に水をやり過ぎて、腐らせてしまったことも……。

卒業式では、卒業証書授与の介添之役で出たりもした。

今思えば、貴重な経験をさせてもらったなぁ。

和文タイプ

短大の仕事で、和文タイプを打っていた。

予算書、決算書、会議録、辞令等々。そして、附属幼稚園の『園だより』も打っていた。

ある時、理事の方に「君がこれを打ったのか？　印刷所に頼んだのかと思ったよ」と、お褒めの言葉をいただいた。

しかし、私の上司に「未収の未の字が違っていたよ。末になっていたよ」

と言われ、愕然とした。

恥ずかしい話だが、私はそれまで『末収』と間違えて覚えてしまっていたのだった。

今ならパソコンで簡単に直せるのにね。

ロンサム・カーボーイ

結婚前、仕事に出かける前に、ラジオを聴きながらお化粧をしていた。

いつも決まった時間に流れるパイオニアの『コンポーネントカーステレオ』のコマーシャルが、とっても好きだった。

アメリカ西部の荒野で牛の群れを追うカウボーイの姿がドラマチックに描

かれていた。

ほんの数十秒という短いフレーズの中に、ゴールドラッシュの時代に西を目指した祖父、平原でカウボーイとして牛を追い続けた父、そして今を生きる「僕」という、三世代にわたる男性のそれぞれの生きざまがぎゅっと凝縮され、見事に描かれていた。

そのなかでも、「僕は街から荒野に戻った」という最後のフレーズが心に残った。

片岡義男さんの声がとてもステキで、今も時々このカセットテープを聴いている。

この歌、知りませんか？

私の好きな歌の中で、一つだけ誰が歌っているのか判らない曲がある。

嵐山から嵯峨野の道を
初めて二人で旅しています
竹の葉擦れとひぐらし蝉に
過ぎ行く季節を感じています
貴方の優しい笑顔の中に
時折混じる物思い

小さな不安に浴衣の袖を
隠れて併せた蛍狩り
涙もろくていい人ですか
解っていましたさよならでしょう
少しだけ待って下さい
一人の秋の
淋しい日差しに慣れるまで

という歌で、一九七〇年代後半に、ラジオを聴きながら録音したのだが、何という曲なのか判らない。

どなたか知りませんか？

non・no

一九七〇年頃から、女性雑誌『ノンノ』をよく読んでいた。いっぱいステキな服が載っており、特集もいろいろあって、切り抜きも沢山しているが、昨年もう一度読んでみたい衝動に駆られ、七〇年代頃の物を、通販で十冊、二十冊と買ってみた。

切り抜いておいたものと同じページもあり、なつかしさが蘇ってくる。あの頃は夢がいっぱいの年頃で『DeBeers』のダイヤモンドのエンゲージリングのCMの文章がとてもステキだった。

「もうすぐゴールインね」という女性の言葉に対し、「スタートラインだよ」

という男性の返し。二十代の私の心を浮き立たせてくれた。

『DeBeers』のエンゲージリングの雑誌広告には、別のバージョンもあった。こちらは恋人同士の会話ではなく、母と父、娘の微妙な関係を想起させるものだった。

「親はいつも最後に知らされるのね」という母親の言葉に始まり、「母はただニコニコ」、「父はなぜか怖い顔」という、娘から突然婚約者を紹介された親の戸惑いが見事に描かれていた。そして娘は気づく。いちばん喜んでくれるのは「自分を育ててくれた両親」なのだと。

ステキなCMでしょ。

私の一番好きな本

私の一番好きな本は、南こうせつさんの奥様の、南育代さんが書かれた『富士山からのおくりもの』という本で、二十代前半の頃からよく読んでいた。

この本は雑誌で紹介されていたもので、こうせつさん一家が、富士山の麓で生活された模様を描かれたものだった。

山の空気や季節感が感じられ、自分も富士山麓にいるみたいで、その文章が、私の身体に『スルスルー』と入ってきた。

それがとっても心地よく、いい余韻に浸れて心が落ち着く。

時々取り出しては読んでいる。

ワガママ娘

結婚するまでの五年間、私は実家から勤務先へ車で通勤をしていた。

車検の前に車を買い替えていたので、一度も車検を受けたことがない。

カーステレオで、音楽を二、三曲も聴けば着いてしまうような近い所だったので、ガソリン代はそんなに掛からなかったし、学食（短大の食堂）があったので、昼食代も助かった。

だから給料は、この二つと少しの小遣いを残して、あとは全部洋服代に使っていた。

あの当時は雑誌にいっぱい欲しい服が載っていて、二、三着買ったらそれでもう給料が無くなっていた。

そしてあの時代は、一億総中流と言われた時代で、私は家に食費など全く入れず、特別それをワガママだとは思わなかった。

こんな経験があったからなのか、私は結婚してからは、ブランドものの服やバッグを欲しいとは一度も思った事がない。

結婚してまだ二十代の頃、ピアスをしたくて耳に穴をあけたいと主人に言ったら、反対され諦めた。

そのことを母に話すと、「旦那さんの言うことはよく聞くんだな」と笑われた。

やっぱり私はワガママ娘で、親に甘えていたんだね。

結婚

主人とは、私の恩師である短大の先生の紹介で知り合った。

先生は体育の先生だが、書道の腕前も一流で、確かパリの書道展にも出品されたとか。学校の行事に関わるものは、ほとんど先生が書かれていた。

先生と一緒に卒業式の準備をしている時、

「美奈さん、嫁に行かんか?」

と言われ、

「どなたかいい方がいらっしゃるのですか?」

と言うと、数日後『釣書』が届けられた。

その方（後の主人）は、先生の隣の家の三男で、京都の会社のエンジニアだという。私より二つ年上で、誕生日が三日違い。

そして、実家の電話番号もよく似ていて、私の実家は（〇〇九〇）で、相手の実家は、（〇〇八〇）と九と八の違いで、あとの〇は全て一緒だった。

二カ月後、私達は結婚した。

祝電

私は新聞や雑誌に載っている、気に入った記事を切り抜いたりコピーをしたりして、クリアブックに入れている。

先日これを見ていたら、私達の結婚に際し寄せられた、二通の祝電が出てきた。

「ケッコンオメデトウナガカツタヒトリグラシハオワリキヨウカラハユアガリニフタリデノムビールハマタカクベツデシヨウネイツマデモオシアワセニ」

「結婚おめでとう
　長かった一人暮らしは終わり
　今日からは
湯上がりに二人で飲むビールは
また格別でしょうね
いつまでも
お幸せに」

RGC一同

これは、主人の会社の同じ部署からのもので、二通目は、私の勤めていた仕事先を退職された先輩から、

「サワヤカナショカノカゼトトモニイマハジマルアタラシイジンセイニカンパイ」

「さわやかな
初夏の風と共に
今始まる
新しい人生に
カンパイ」

特に好きな祝電で、私は詩のように感じたので、この二通を取って置いた。

みんなありがとう。

新婚

結婚と同時に田舎から京都へ出て来た。

まだ一カ月も経たないというのに、主人から「仕事をする気はあるのか、ないのか」と言われた。私達の仲人さんが、主人の上司に私の仕事の紹介を頼んでいたようだ。

これを先に言ってくれればいいのに、私はもう少しこの町に慣れ、結婚生活にも慣れてからと思っていたので、この主人の言葉が冷たく感じられた。

そして私はゆっくりしたい気持ちはあったが、すぐに紹介していただいた仕事に就いた。

昼休憩に買い物をして家に帰り、急いでお昼ご飯を食べて仕事に戻っていた。

そんな結婚生活の始まりだったので、新婚という甘い響きのものとはかなりかけ離れていた。

仕事を始めてからしばらく経って、吉田拓郎さんが主題歌を歌っている『元気です！』というテレビドラマが始まった。

私は「家でドラマを見ながらゆっくりしたいなぁ」と何度も思った。

周りの友達はみんな、失業保険をもらってゆっくりしていたそうだ。

再放送

ＴＢＳドラマ『愛していると言ってくれ』の再放送を見た。

一九九五年に初めて放送された時、ドラマの所々に手紙などが挟まれていて、トランペットの音も物悲しいシーンにとってもよく合っていて、私好みのドラマだと思った。

そして、直ぐに本も買って読んだ。

好きなシーンがいっぱいあって、魅力を語れば何時間でも喋っていられるが、とにかく榊晃次（豊川悦司）がカッコイイ。

いつも、白とベージュと茶系のダボッとしたシャツとパンツ姿で、それでいてスーツもよく似合う。ドラマとはいえ、どんな風に育てたらあんないい息子になるのだろうかと思った。

それから水野紘子（常盤貴子）の方は、スタイルが良くて可愛くて、何と言っても長い脚がとってもキレイ。また、若い頃よく読んでいた雑誌に載っているような、女の子らしい服がとってもいい。

そして、紘子の幼なじみの矢部健一（岡田浩暉）も優しくていつも紘子を近くで見守ってくれて、紘子は幸せだなぁと羨ましく思ってしまう。

二十五年経って（四年前）改めて見ると、やっぱりいい。晃次が二十年振りにお母さんと会えたシーンとか、最後の別れの時に海岸で、紘子が晃次の胸に響くように、「あいしてる、あいしてる」と何度も繰り返すシーンは、何とも言えないくらいグッときてしまう。

「榊晃次（豊川悦司）ってこんなにカッコ良かった？」

「水野紘子（常盤貴子）ってこんなに可愛いかったっけ？」と思った。

「私が男だったら紘子みたいな女の子に出会いたいし、私が女の子だったら晃次みたいな男の人と出会いたい」と思った。

「私は今までに、こんな風に、こんなに男の人を好きになったことあったかなぁ……」

と思いながら、もう、三百回も見ている。

雰囲気

雰囲気ってどうして作られるのだろう。

私の好きな雰囲気を持った人と言えば、ＡＢＣテレビの「おはよう朝日です」の気象予報士、正木明さんだ。

三十年くらい前に、主人と一緒に正木さんの講演会に行った。確か「地球の温暖化について」だったと思うが、緊張していてよく覚えていない。

正木さんは、学生時代に始めたサーフィンがきっかけで、天気キャスターの道に進まれたそうだ。優しくて、爽やかで、何処へでも一緒に行きたくなるような、そんな正木さんが大好きだ。

そういえば昔、交換日記をしていた彼から、「雰囲気が好き」って言われたっけ。

今、どうしているかなぁ。

おばあちゃん大学生

神様が一つだけ夢を叶えて下さるのなら、私は、六十四歳で亡くなってしまった母を、大学へ行かせてあげたかった。

母は子供の頃から勉強が好きで、叔母さんから「上の学校へ行かせてあげるよ」と言われていたが、その叔母さんが亡くなってしまい、奨学金をもらいながら行ける、当時、京都にあったという誠修学院を首席で卒業した。

そして、地元へ帰って結婚して会社勤めをしながら、朝と休日は農業という、大変忙しい毎日を送った。

私には子供はいないが、母に似て勉強が大好きな姪っ子がいる。この姪っ子と母を、地元の同じ大学へ行かせてあげたかった。

私が家事を引き受け、母には大好きな勉強を思いっきりさせてあげられたら、どんなに楽しかっただろう。どんなに頑張って元気に大学へ通ったことだろうと思う。

孫と一緒に『おばあちゃん大学生』として。

叔父さん

私の叔父さんは、高校の歴史の先生をしていた。

ある年の修学旅行で神社仏閣を回っている時、生徒が難しい質問をしてきたそうだ。

叔父さんは、丁度その話を数日前に母としていて、母からいろいろな話を聞いていたので、その質問に直ぐに答えることが出来たそうだ。

「良かったよ。話を聞いていて……」

と、母に感謝していたというが、これは母を褒めるべきか、それとも叔父さんの勉強不足……と考えるべきか。

私はやっぱり母を褒めたい。

従姉妹たち

母が定年退職した後、従姉妹たちは母をいろいろな美味しいお店に食事に連れて行ってくれた。

私は離れているので一緒に行ったことはないが、母が楽しそうに話をしていて、羨ましくもあり、そしてそれが何より有難かった。

母の入院の際には、何回も見舞いに来てくれたし、母が亡くなった後、一人残された父に対しても、食事や旅行、それも海外旅行にも連れて行ってくれて、私達子供より良くしてくれた。

その後父も亡くなり、実家の片付けをしていると、従姉妹たちとの楽しそうな写真が何枚も出てきた。

最近は、空家になっている実家の片付けで疲れている私に、優しく声を掛けてくれたり、何もしてあげられないからと言って、お花や美味しいお菓子などを何度も送って来てくれた。

今年の年賀状には「美奈ちゃんが早く楽になれますように（実家の心配がなくなりますように）」とこれまた温かい言葉が添えられていた。

従姉妹たち、本当にありがとう。

昨年もらったシクラメンの鉢は、今年も蕾を付けているよ。

お姉さん

私の姉は絵を描くのが上手で、小学校の時『お話の絵コンクール』で特賞をもらっている。その時の表彰状が、先日実家から出てきた。その絵は、『子鹿物語』の絵で、森の中で子鹿がこちらを向いて立っていて、今にも飛び出して来そうなくらい、とっても可愛いらしい絵だった。

そして、私の姉は山が大好きで、高校の時は山岳部に入り、インターハイも二回行っている。山の道具も自分の小遣いをコツコツ貯めて一つ一つ買い揃え、天気図もラジオを聴きながらよく書いていた。

気象庁に行きたくて手紙を出したら、

「普通のお嫁さんになられた方がいいのでは」

という返事が返ってきたそうだ。

自分と大して歳の違わないクラブの顧問の女の先生や、仲の良い友達たちと、いつも羨ましいくらい楽しそうにしていた。

私も一度一緒に山登りに連れて行ってもらったが、あの頃の姉は、人生の中で一番光り輝いていた。

今はちょっと元気がないので、出来ればあの頃に戻してあげたい。

「お姉さんのために、お父さんが植えてくれたあのキャラボクの木は、もう随分大きくなったよ」

姪っ子、甥っ子

姪っ子の誕生は、私を初めて『叔母さん』にしてくれた。

まだ私が短大生の時で、その頃よく姉の家に遊びに行っていた。

姪っ子は生まれて数カ月しか経っていないというのに、オムツの要らないようなしっかりとした顔をしていて、スーパーなどに一緒に連れて行くと、いつも振り返られるくらいとっても可愛い赤ちゃんだった。

甥っ子の誕生の時は、私が短大で働いていて、昼休みに入ってすぐ母から電話があった。震えるくらい嬉しかった。

多分この甥っ子の誕生は、私の人生の中で一番嬉しかった出来事だと思う。

「この一番は今も変わってないよ」

と、甥っ子に伝えたい。

お母さんって凄い

まだ甥っ子が一歳になっていなかったと思う。

姉の家に遊びに行って話をしていると、急に姉が「おりてきた、おりてきた」と言う。何かと思ったら、甥っ子が二階から階段を後ろ向きで、ゆっくりゆっくり下りて来ている所だった。

私はお母さんって凄いと思った。

『お母さんは何をしていても、どんな時でも、いつも子供のことを気に掛けているんだね』って。

私達に気付くと、ニコっと笑っていたあの甥っ子の笑顔は、今も忘れられない。

マラソン

主人が急にマラソンを始めた。

四十歳になる前くらいだろうか。

「仕事でいつも机に向かっているので、運動のためと、自分に試練を与えるために」という。

朝早く、私は自転車で追いかけてついて行った。土曜日は少し遠出をして、私が車で先回りをして待っていた。主人が走っている間、私はその辺を歩いた。

年に二、三回いろいろな大会に参加した。

一番の思い出の大会は、やはり初めて参加した『ホノルルマラソン』だ。予想していたタイムよりすごく速くて、ゴール前で待っていた私は、「もう帰ってきたよ!」とびっくりした。

当時、郷ひろみさんがホノルルマラソンを完走された番組を放送していたが、主人と郷さんは同じくらいのタイムだった。

そして、国内で初めて行った『丹波篠山ABCマラソン』は、スタートの時間にヘリコプターが二機来て真正面に止まり、みんな大盛りあがり。

スタート間近の主人の上着を受け取ろうとした時、裸に近い(マラソンのランニング・シャツ姿の)若い男の人の波に押されて、出られなくなってしまった。

すると、一人の男の人が「女冥利に尽きるなぁ」と言って私を冷やかしながら、抜け道を作ってくださった。スタート前のシーンとした空気の中で、ヘリコプターの音だけが大きく響いていた。

100㎞マラソン

宮古島で行なわれた「100㎞ワイドーマラソン」は凄かった。

想像もつかない距離なので心配したが、主人は思ったより早く無事にゴールした。大会の後の慰労会の表彰式で、主人の名前が呼ばれたのにはビックリした。年代別（当時五十代）で一位になったのだ。

そして「隠岐の島ウルトラマラソン」では、マイクロバスで選手の主人を追いかけて行くのだけれど、途中、死にそうなくらいの顔をして走っていた。
この大会は、年代別（当時五十代）で三位だった。
本当によく頑張ったね。
１００㎞マラソン、バンザーイ。

誕生日

私と主人の誕生日は三日違い。
だから、毎年早く来る主人の誕生日に、一緒にお祝いをしている。
コロナ禍の前までは、毎年のように琵琶湖へ遊びに行っていた。
初めの頃は、いつも同じコンビニで食料品を買い、これがとっても楽しかった。そして、レジャー用の長椅子を持って行って読書をしたり、お昼寝をしたり……。

ある年のこと、いつものように二人でくつろいでいると、どこかの犬が近づいて来て、私達のお弁当をくわえて持って行ってしまった。追いかけて取り戻したのだが、その時のことは今でも時々思い出しては、二人で笑ってしまう。

私達のいる松林に、ネクタリンを売りに来るおじさんがいたし、琵琶湖の近くのスーパーでよく風鈴も買った。夕食は美味しい中華料理屋さんで、お気に入りのものを食べるのも毎年の楽しみだったが、最近は、道の駅で買い物をするのが楽しみになった。

安曇野

私は信州が一番好き。

結婚祝いのお返しで旅行券をもらい、カタログで美ヶ原温泉のホテルを選んだ。

そのホテルには足湯があって、松本の市街地が見下ろせる。

このホテルを私たちはすっかり気に入ってしまい、今では常宿になってしまった。

一泊して次の日は安曇野まで行き、『安曇野ちひろ美術館』や、レンタサイクルでわさび田や、点在している道祖神巡りをする。途中には唱歌『早春賦』の歌碑もある。

そのあと、お気に入りのお蕎麦屋さんでお昼ご飯を食べて帰るのが、我が家のコースになっている。

時間があれば開田高原に行って、そばソフトやりんごソフトも楽しんでいる。

夢は叶う

十年程前に家を建て替えた。

結婚して一年目に中古の家を買い、三十三年くらい住んでいたが、二階の屋根が漏りだし間取りも変えたかったので、リフォームより建て替えをした。

私は間取りを考えるのが好きで、趣味の一つとして方眼用紙に、自分の考えた間取りを書いていた。

でもまさか、このとおりに家の建て替えができるとは思ってもみなかった。

主人の知り合いに建築業者を紹介してもらい、予算内で出来上がるようお願いをした。

一つ一つの部屋は大きくはないが、階段の幅や、二階を上がりきった所のスペースは広めにした。そして、一階にも畳の部屋を作り、トイレも近くにした。

数年経って、壁や窓の大きさなど直したい所も出てきたが、ほとんどは自分の考えたとおりの間取りにできたので、すごく暮らしやすい。

この家が出来上がって一番褒めてくれたのは、主人だった。

片付け

十年前、家を建て替えた時に、大きな家具を処分した。

結婚家具はちょっと勿体なかったが、背の高い家具は地震の時に危ないし、クローゼットもあるので、小さい家具に買い換えた。

私は、ものを外に出すのは好きではないので、出来る限り収納して、小さい部屋を広く使えるようにしている。

本は、本箱に収まるだけにして、食器は、使わないものはもう少し処分しようと思っている。

一番片付けで気が重いものは書類で、段ボール箱五、六個分はある。

「アルバムも捨てたいし、CDもDVDも捨てたい」と言ったら、

「その内、俺も捨てられてしまうよ」と、主人がボソッと言った。

病院

私は二つの病院へ通っている。一つは眼科クリニック。右目が加齢黄斑変性症になってしまい、初めて眼に注射をする時、先生に「痛いですか？　耐えられる痛みですか？」と聞くと、

「普通の注射でもチクッとするでしょ。それと一緒でほんの数秒ですよ」

とおっしゃった。

本当に数秒で、私にはチクッというより、ズシーンとした感じで、あっと

いう間に終わってしまった。

するると、トントンと肩を叩いて下さり、

「終わりましたよ」

と優しく声を掛けて下さった。

この先生は、病院の先生というより、オーケストラの指揮者がよく似合うと思って見てしまう。

もう一つの病院は腎臓内科で、この先生も優しい男の先生だ。どんな質問にも丁寧に説明をして答えて下さる。

診察が終わった後は、看護師さんにアドバイスを受ける。親と子ほど歳が離れているが、とっても話しやすい方で、精神的な悩みも聞いてもらえて、私のいい薬になっている。心を落ち着かせてくれる、私のお姉さんのような存在だ。

目も腎臓も、いい状態とは言えないながらも、何とか落ち着いている。

主人と私

私の血液型はA型で、主人の血液型はAB型。

主人がA型要素が強い場合の考えの時は、私と意見がよく合って、例えば、新婚旅行先を決める時、二人とも「最初はやっぱり富士山よね」と、富士五湖巡りに直ぐ決まった。

けれど、主人がB型の考えの時は、全く正反対の意見なので、よく喧嘩になる。一番合わないのは、家電製品を買う時。私は、五段階の値段があるとすれば、高い方から二番目の四を選ぶ。しかし主人は、大抵二か三の安い方を選ぶ。

こんなだから、『私が安かったから私と結婚したの？』って思うと、悲しい気持ちになってしまう。

でも、やっぱり人生の最期には、お互いに、

「一緒になって良かった」

と、思いたいので、残りの人生、もう暫く主人に合わせて頑張ってみようと思う。

「よーし、もうちょっと悪口を書いてやるかー」

と声を張り上げると、主人が向こうで、「Oh my God」と叫んでいる。

散歩

四年くらい前から朝早く起きて、四十五分間の散歩をしている。

散歩道の途中にある家のおじさんが、声を掛けてくださったのがキッカケでお友達になった。毎日玄関先を綺麗にされていて、よく立ち話もする。家の周りにはアンパンマンの人形が沢山飾ってあって、コロナが始まった頃はこのアンパンマンもマスクをつけていて、思わず『クスッ』と笑ってしまった。

犬の散歩で時々会うお兄さんとも、「いつも早いですね」「(散歩の)お休み無しですか?」などと声を掛け合うようになった。

それから、以前同じ職場で働いていた人の家も途中にあり、たまに手紙のやり取りをしている。毎回綺麗な便箋や封筒でお手紙をいただく。

そして、私より少し年配の方も、いつも気持ち良く挨拶をして下さる。

季節によって歩き始める時間が違っていて、夏至の頃は四時半頃から、冬至の頃は六時半頃から歩き始める。

きれいなお月様が出ている時もあった。

いい出会い

私は本を読み終わると、一行でも心に響く言葉があると「この本を読んで良かった」と思う。

そしてそのページに、本についている栞《しおり》ひもを挟んでおく。

それから、自分と同じ考えが本に載っていると嬉しくなる。

何より最高なのは、『目から鱗』的な、自分の知らなかった知恵や知識が載っている時。一年に一つくらい、こういう良い出会いがある。

近年読んだものでは、NHKテキストの一〇〇分de名著『アルプスの少女ハイジ』で、クララのおばあさんが「祈り続ければ、いつか神様が最善のことをして下さる」という言葉。

だから、一生懸命頑張っても、なかなか願いが叶わない時は、

「神様はもっと良いタイミングで願いを叶えて下さるだろう。きっとまだその時が来ないのだ」

と思って、もう少し頑張ってみることにしている。

救われた言葉

若かった頃は辛いことが多かったけれど、楽しいこともいっぱいあった。仲のいい友達も出来たし、仕事の達成感、そして年末には主人と、回らないお寿司屋さんに行って、我が家の御用納めをするのが、何より幸せな時間だった。

最近は歳をとったせいか心配事ばかりで、楽しいことが感じられない。

私がいつも行っているクリーニング屋さんの奥さんと、数カ月前に立ち話をした。

「楽しいこともあるけど大変なことの方が多い」

と私が言うと、

「そういうものでしょ」

と軽く返して下さった。私より二、三歳年下で、とっても綺麗な奥さんだ。お店や買い物で会った時立ち話をするようになり、つい愚痴を言ってしまったのだが、「そういうものでしょ」のひと言に、「みんなもそうなのか」と、救われた思いがした。

今はクリーニングのお店を閉められてしまってなかなか会えないが、近いうちに一緒にお茶をする約束をしている。

友達

コロナ禍になる前までは、私は友達と三人で、年に一、二度遊びに行っていた。

大抵は、神社仏閣を回ってお昼を食べて夕方まで遊んでいたが、最近は段々とお茶だけになってきた。

昔の仕事仲間で、気取らなくても気軽に何でも話せるいい友達だ。

そしてこの友達は、我が家のクリスマスのイルミネーションを見て、

「岡嶋さん家のが一番キレイ」

とか、私の作ったお昼ご飯を、

「この料理美味しいね」

と、何かにつけて褒めてくれる。上手を言ってくれたとしても嬉しいものだ。

コロナ禍になって会えなくなっていたが、また三人で遊びに行こうねっ。

英語

私が、もう少し勉強をしておけば良かったと思うものは『英語』。

主人は若い頃、仕事でニューヨークに住んでいたこともあって、英語が上手。そして昔、交換日記をしていた彼に、

「美奈さんも英語が喋れたら、みんなの前でもいろいろな話が出来るのに」

と言われたことがあった。

四十代の頃、テキストを買ってきて、勉強をし直そうとしたこともあったが、途中で止めてしまった。

英語が出来ていたらもっと楽しかっただろうなぁ。

祖母の名は？

先日、従姉妹から聞いたのだが、

「おばあちゃんは、テルという名前にコンプレックスがあったのか、必ずテル子と、『子』を付けていたそうだよ」と。

いつだったか、市役所から書類を取り寄せた時、テル子のはずがテルになっていて、『どうしてかな?』と思っていたけど……。

これでやっと謎が解けた。

私の原点

今はもう無くなってしまったが、東海林さだおさんの四コマ漫画「アサッテ君」が、私は何より楽しみで大好きだった。

実家の新聞に連載されていたので、時々切り抜いては大切にクリアブックに入れていた。

それから私が心を揺さぶられたのは、高校生の頃から読んでいるみつはしちかこさんの叙情マンガ『小さな恋のものがたり』で、漫画の中に出て来る詩が、とっても可愛いくて切なくて、キューンとなって、良い余韻を残してくれる。

考えてみれば、私の好きなものには共通点があって、ドラマ「愛していると言ってくれ」にしても「俺たちの旅」にしても、ドラマの中の短い文章が泣きたくなるほど大好きで、私の原点だと思う。

今週から「俺たちの旅」の再放送が始まる。

見逃さないよう録画予約をしておいた。

河合隼雄さん

河合隼雄さんが『徹子の部屋』で話されていたことが印象的だ。

河合隼雄さん

小さい頃親に、

「いっぱいしなきゃいけないことがあって大変だ」

と言うと、

「ものには少しずつでも必ず時差っていうものがある。だから、先に来るものから片付けていけばいいんだよ」

っておっしゃったそうだ。

正確ではないけれど、このようなお話をされていた。

納得。

私の好きなもの

私の好きな芸能人は、柴田理恵さん。

元気で明るくて、もしも親友になれたらどんなに楽しいだろうと思う。何でも相談できて、信頼し合えるような気がする。

それから私は、吉田拓郎さんの歌が大好きで、特に「伽草子」がお気に入り。岡村孝子さんの「夢をあきらめないで」や、「笑顔にはかなわない」も、昔カラオケでよく歌った。

山本コータローとウィークエンドの「岬めぐり」やN.S.Pの「八十八夜」は、若い頃を思い出して、胸がキューンとなってしまう。

落ち込んでいる時は、シンディ・ローパーの「ガールズ・ジャスト・ワナ・ハヴ・ファン」を聴けば元気が出て来る。

終わりに

昨年実家の墓終いをし、今年は実家を売却した。家の片付けをしていると、母の表彰状が沢山出て来た。

その中には、私が試験を受けようと取り寄せたテキストを、私がほったらかしにしているのを見かねた母が、自分で勉強をして資格を取った賞状も含まれていた。

母は本当によく勉強をし、よく働き、一人頑張って「お先に失礼」とでも言うように、急いで次の世界へ行ってしまった。

母が亡くなった時、叔父さんが、

「田舎のおばさんにしておくには勿体ない人だったよ」

と言ってくれた。きっとあの世でも好きな勉強をして、生まれ変わって、
今度は大学へ行っているよね。

きっと、きっと。

母のことを本にする機会を与えて下さった文芸社の皆様へ、心より感謝申し上げます。

著者プロフィール

岡嶋 美奈（おかじま みな）

京都在住
保母資格取得
幼稚園教諭免許取得

おばあちゃん大学生

2024年９月15日　初版第１刷発行

著　者　岡嶋 美奈
発行者　瓜谷 綱延
発行所　株式会社文芸社
〒160-0022　東京都新宿区新宿1－10－1
電話　03-5369-3060（代表）
03-5369-2299（販売）

印刷所　株式会社フクイン

ISBN978-4-286-25647-4